Índice

Rourke Educational Media
A Division of Carson Dellosa Education®
rourkeeducationalmedia.com

¿Puedes encontrar estas palabras?

cemento

electricista

plomera

teja

Construyendo una casa

Podemos construir una casa.

Conseguimos **cemento.**

Lo usamos para hacer el piso.

Conseguimos madera.

Construimos las paredes.

Añadimos las ventanas.

Añadimos las puertas.

Una **plomera** coloca las tuberías para el agua.

Un **electricista** instala las luces.

Ponemos **tejas** en el techo.

Pintamos la casa.

¿Encontraste estas palabras?

Conseguimos **cemento.**

Un **electricista** instala las luces.

Una **plomera** coloca tuberías para el agua.

Ponemos **tejas** en el techo.

Glosario fotográfico

cemento: polvo fino que se endurece cuando se mezcla con agua.

electricista: persona que instala o repara equipos eléctricos.

plomera: persona que instala o repara tuberías para que las personas puedan tener agua en sus casas.

tejas: cuadrados de piedra, arcilla o plástico que se usan para hacer techos.

Índice analítico

Sobre la autora

A Terri Fields le gusta leer y escribir para niños. Cuando no está leyendo o escribiendo, le gusta caminar por la playa.

www.rourkeeducationalmedia.com

PHOTO CREDITS: Cover: ©EvgeniiAnd; p. 2,4,14,15: ©Christina Richards; p. 2,11,14,15: ©XiXinXing; p. 2,10,14,15: ©Phovoir; p. 2,12,14,15: ©Terry J Alcorn; p. 3: ©kali9; p. 5: ©Brian Chase; p. 6: ©fstop123; p. 8: ©?David Sacks; p. 9: ©artursfoto; p. 13: ©Feverpitched.

Edición: Keli Sipperley
Diseño de la tapa: Kathy Walsh
Diseño interior: Rhea Magaro-Wallace
Traducción: Santiago Ochoa
Edición en español: Base Tres

Library of Congress PCN Data
Construyendo una casa / Terri Fields
(Aprendamos)
ISBN (hard cover - spanish)(alk. paper) 978-1-73160-500-9
ISBN (soft cover - spanish) 978-1-73160-513-9
ISBN (e-Book - spanish) 978-1-73160-506-1
ISBN (e-Pub - spanish) 978-1-73160-706-5
ISBN (hard cover - english)(alk. paper) 978-1-64156-177-8
ISBN (soft cover - english) 978-1-64156-233-1
ISBN (e-Book - english) 978-1-64156-285-0
Library of Congress Control Number: 2018967486

Printed in the United States of America, North Mankato, Minnesota